JN277208

ねぇ、おはなしきかせて
原　京子・作
高橋和枝・絵

「ねえ　ママ、本《ほん》　よんで」
ゆかは、名作《めいさく》どうわしゅうを　もって、
ママの　ところへ　いきました。
「あら、ゆかは、もう　ひとりで　よめるじゃない」
あみものを　していた　手《て》を　とめて、ママが
いいました。
「うん。だけどね、ママに　よんでもらいたいの」
ゆかは　一《いち》ねんせいなので、もちろん　ひとりで
本《ほん》を　よめます。でも　ママは、おはなしに　でてくる
やさしい　おひめさまや、いじわるな　まほうつかいに

なりきって　よんでくれるので、ゆかは　あかちゃんの
ころから　ずっと、ママに　よんでもらうのが
大《だい》すきなのです。

「わかったわ。どれに　する？」

ゆかは　ママの　となりに
こしかけると、ページを
ひらきました。

「ママ、これが　いい」

「はいはい。じゃ、あかずきんの
おはなし、はじまり、はじまり……」

おばあちゃんの　ところへ　おつかいに　いく
とちゅう、あかずきんちゃんが　わるい　オオカミに
であってしまう　この　おはなしは、ちょっと
こわいけれど、ゆかは　とても　すきでした。
ねこなで声《ごえ》で　あかずきんちゃんに
ちかづく　オオカミ、そして、
おばあちゃんに　なりすました
オオカミの　声《こえ》を、ママは　うまく
つかいわけて　きかせてくれます。

ときどき、おはなしに　でてこない
オオカミの　さけび声《ごえ》なども
いれて、よんでくれるのです。
「……そして、あかずきんちゃんは、もってきた
ケーキを、おばあちゃんと　いっしょに
おいしく　たべました。はい、おしまい」

ママは　本《ほん》を　パタンと　とじると、ゆかに
わたしました。
「おもしろかった。ママ、もうひとつ　よんで」
ゆかが　本《ほん》を　ひらこうと　すると、ママは　ゆかの
ほうを　むいて　いいました。
「ねえ、ゆか。もうすぐ　あかちゃんが
うまれるでしょ。ゆかは、あかちゃんと　なかよく
してくれる？」
「もちろんだよ、ママ。わたし、おねえちゃんに
なるのを、すっごく　たのしみに　してるんだから」

ゆかは、ママの　おなかに　ほっぺを　あてて、
いいました。

ゆかには、三《さん》さい　とし上《うえ》の
けんたくんと　いう　おにいちゃんが
います。でも、いつも　サッカー
ばかり　やっていて　あそんで
くれないし、おやつに　ケーキが
でれば、かならず　大《おお》きい
ほうを　さきに　とってしまいます。
　このあいだは、ママが　みていないうちに、ゆかの
おさらの　からあげを　とったので、もんくを
いいました。すると、あやまるどころか、

「おにいちゃんは　三《みっ》つも　としが　上《うえ》なんだから、
いいんだよ」
と、かみのけを　ひっぱったのです。
ゆかは、いもうとか
おとうとが　できたら、
ぜったいに　やさしくして、
いっぱい
あそんであげようと
かんがえていました。

ママが、大《おお》きな　おなかを　かかえて　びょういんに
いった　つぎの日《ひ》、ゆかは、パパと　おにいちゃんと
いっしょに　ママの　ところへ　いきました。
ママの　となりには、小《ちい》さな　小《ちい》さな　あかちゃんが
ねむっています。

ゆかは、そっと　あかちゃんの　ほっぺに　さわって
みました。あったかくて　ふわふわ　して、
いい　においが　します。

「けんたくんと　ゆかちゃんの、おとうとよ。
かわいがってね」

「うん、もちろん。やくそくする！」
ゆかは、にっこり　わらって、ママの　こゆびに
じぶんの　ゆびを　からませました。

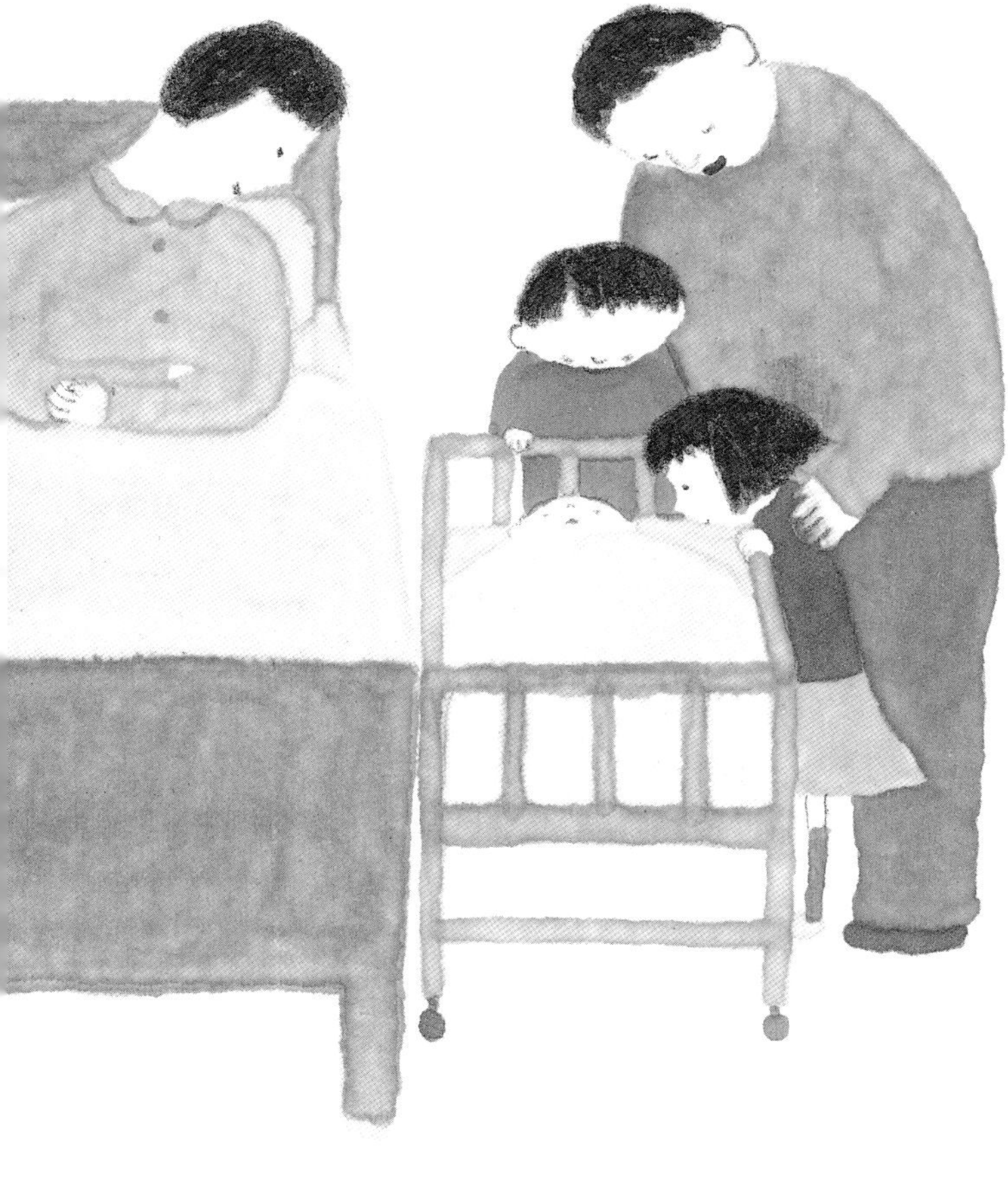

けれど、ママと　おとうとの　ゆうくんが
いえに　かえってきてからの、ゆかの
せいかつは、ちょっと　かわってしまいました。
いままでは、学校《がっこう》から　かえると、すぐ　ママに、
きょう　あった　できごとを　はなしながら
おやつを　たべていましたが、このところ　ママは、
ゆうくんに　ミルクを　あげたり、おむつを　かえたり、
いつも　いそがしそうです。
「ねえ、ママ」と、ゆかが　はなしかけても、「ちょっと
まってね」と　いわれて、なかなか　きいてもらえない

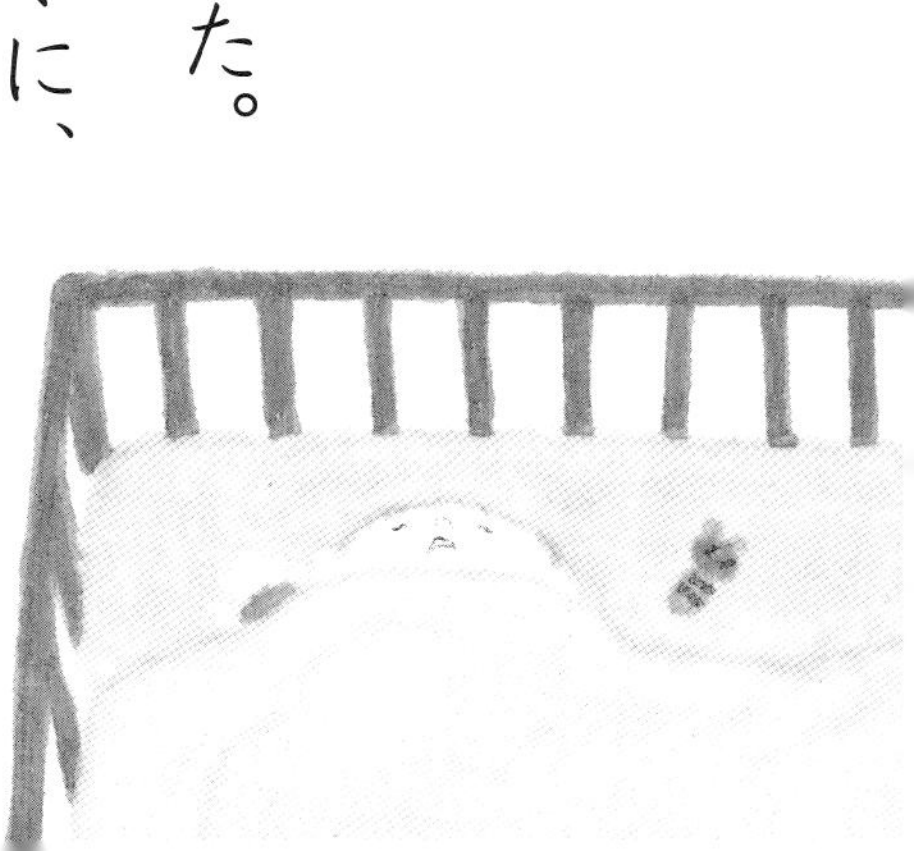

ことが　おおくなりました。
なかでも、いちばん　つまらないなと　おもった
のは、本《ほん》を　よんでもらえなくなった　ことです。
きょうも、ゆうくんが　ねている　じかんを　ねらって、
ママの　ところへ　本《ほん》を　もっていきましたが、
「ごめん。ママ、いまのうちに　せんたくして
おかなくちゃ。おにいちゃんに　たのんでみたら？」
と、いわれてしまったのです。
『そういえば、このあいだも　おなじ
こと、いわれたっけ……』

ゆかは　さみしくなって、
こんなことなら、おとうと
なんて　うちに　こなければ
よかったのにと、こころの
なかで　つぶやきました。
「おにいちゃん、本《ほん》　よんで」
へやを　のぞくと、
おにいちゃんは
でかけるところでした。
「ぼく、いまから　サッカーの

れんしゅうなんだ。そんな
こと　してる　ひまなんて
ないね」
「もう！」
ゆかは、ふくれっつらを
しました。
ふと、まどの　そとを　みると、
となりの　いえの　おばあちゃんが、
にわに　でて　お花《はな》を　きっています。
「そうだ！」

ゆかは　本《ほん》を　もって、おとなりに　いきました。

「おばあちゃん、こんにちは」

「あら、ゆかちゃん、いらっしゃい」

「あのね、おばあちゃん。本《ほん》　よんでくれる？」

「ええ、いいわよ。はいっていらっしゃい」

ゆかは、おばあちゃんと　ならんで　ソファに
すわると、本《ほん》を　さしだしました。

「はいはい。ええと、むかし　むかし……」

よみはじめて、五《ご》ぎょうめに　はいったときです。

きゅうに、おばあちゃんの　声《こえ》が　とまりました。

ゆかが　おばあちゃんの
ほうを　みると、こっくり
こっくり、いねむりを
しています。ゆかは
ためいきを　つくと、
おばあちゃんの　ひざの
上《うえ》から　そっと　本《ほん》を
とり、音《おと》が　しないように
ろうかを　あるいて　げんかん
まで　いくと、そとに　でました。

「はあ。だれか　よんでくれる　ひと、いないかなあ」
「ゆーかーちゃん！　なに　してるの？」
かたを　たたかれて　ふりかえると、
むかいの　いえの　おねえさんでした。
「こんにちは。えっと、あのね」
ゆかが　いいかけると、
「あっ、ごめん。デートに
おくれちゃう！　またね！」
おねえさんは　大《おお》きく　手《て》を　ふりながら、
バタバタと　かけていって　しまいました。

「バイバイ」
ゆかは　小《ちい》さく　手《て》を　ふると、本《ほん》を　かかえて
とぼとぼ　あるきだしました。しばらく　いくと、
大《おお》きな　カエデの　木《き》が　ある　あきちが　あります。
もとは、大《おお》きな　おうちが　あったらしいのですが、
いまは、カエデの　木《き》を　ちゅうしんに、ひくい　木《き》や
くさが　たくさん　はえていて、小《ちい》さな　森《もり》のようです。
ゆかは、ときどき　花《はな》を　つんだり、どんぐりや　はっぱを
ひろったり　しに　ここへ
くるのです。

木《き》の　下《した》に　こしを　おろすと、すこし、
いろが　かわりかけた　木《き》の　はっぱを、風《かぜ》が、
さわさわ　なでていく　音《おと》だけが
きこえてきます。
「あーあ、つまんないの」
ゆかの　ひとりごとが、
森《もり》の　なかに　ひびきました。
「あーあー。あれ？」

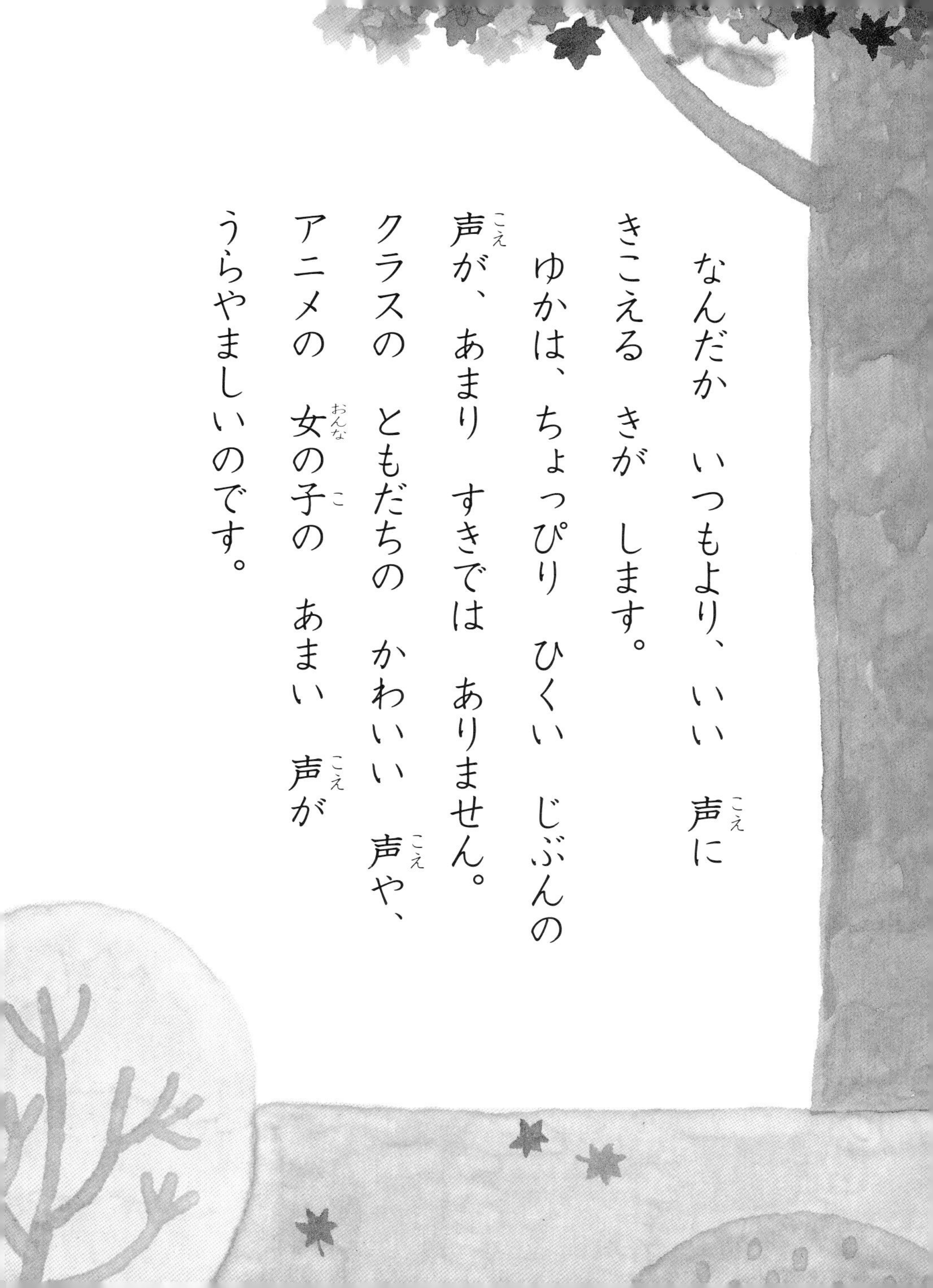

なんだか　いつもより、いい　声《こえ》に
きこえる　きが　します。
ゆかは、ちょっぴり　ひくい　じぶんの
声《こえ》が、あまり　すきでは　ありません。
クラスの　ともだちの　かわいい　声《こえ》や、
アニメの　女《おんな》の子《こ》の　あまい　声《こえ》が
うらやましいのです。

そのせいも　あって、学校《がっこう》の　じゅぎょうで、
きょうかしょを　よまされるのが　きらいでした。
たちあがるだけで　ドキドキ　してしまい、すぐに
つかえてしまって、ますます　声《こえ》が　ひくく　小《ちい》さく
なって、先生《せんせい》に　ちゅういされることも　あるからです。
でも、いまは　だれも　いないので、ゆかは　本《ほん》を
ひらくと、声《こえ》を　だして　よみはじめました。
「しらゆきひめの　おはなし、はじまり　はじまり。
むかし　むかし、あるところに、おうさまと
おきさきさまが　いました。おきさきさまは、

あかちゃんを　うみました。ゆきのように　白《しろ》い
はだの　うつくしい　女《おんな》の子《こ》だったので、
しらゆきひめと、なまえを　つけました……」
きもちが　よくて、すらすら　よめます。
やっぱり　ここで　きく　ゆかの
声《こえ》は、ふしぎと　はっきりと　して、
よい　声《こえ》に　きこえます。
「……ある日《ひ》、しらゆきひめは……？」
カサ、カサ、カサ。かすかな　音《おと》が　耳《みみ》に
はいって、ゆかは　上《うえ》を　みました。すると──

木《き》の　えだの　さきに、リスがいたのです。ゆかは、目《め》をまるく　しました。おどかしてはいけないと　おもい、ゆっくり　本《ほん》にかおを　もどすと、つづきを　よみはじめました。

しばらくすると、カサ、カサ、カササ。また、音《おと》がしました。ゆかが　かおを　あげると、こんどは、しょうめんに　ウサギが　いて、こっちを　みています。

「あ……」

ゆかが　ぽかんと　口《くち》を　あけたままに　していると、

ウサギが　いいました。
「おねがい。もっと、よんで」
ゆかは　びっくり　しましたが、
うなずくと、むちゅうで
よみつづけました。
「……しらゆきひめは、しあわせに　くらしました。
めでたし、めでたし」
ゆかが　本《ほん》から　目《め》を　あげると、いつのまにか、
キツネ、タヌキ、イヌ、サル、クマなど、たくさんの
どうぶつたちが　あつまっていました。

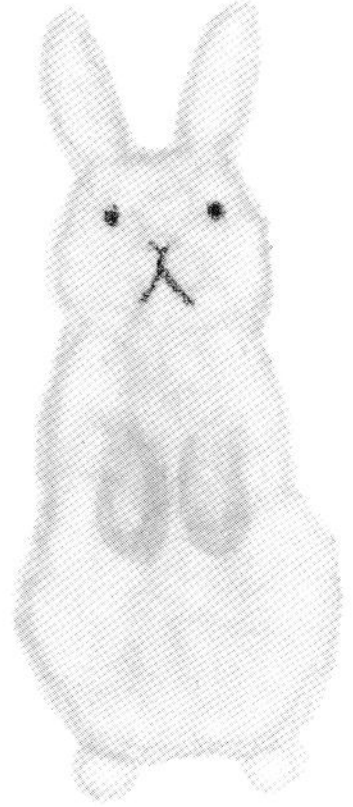

「おはなし、おもしろかった」

「いい　声《こえ》だね！」

と、どうぶつたちは、はくしゅを
してくれました。そして、みんなで
声《こえ》を　あわせて　いいました。

「ねえ、ちがう　おはなし、きかせて」

「う、うん。いいよ」

ゆかは　うれしく　なって、こんどは、

「ももたろう」の　おはなしを　よみはじめました。

ももたろうが、ゆうかんな　イヌ、サル、キジを

つれて、おにがしまに　いくところでは、
きいていた　イヌと　サルと　キジが、
ちょっぴり　じまんそうな　かおを
したので、ほかの　どうぶつたちが、
うらやましがりました。
　そして、おにを　たいじした
ばめんでは、みんな、声《こえ》を
あげて　よろこびました。
　きがつくと、風《かぜ》が　すこしだけ
つめたく　なってきたようです。

「もう、おうちに　かえらなくちゃ。
ママが　しんぱいする」
ゆかが　本《ほん》を　もって
たちあがると、どうぶつたちが
ざんねんそうに　いいました。
「なまえ、なんて　いうの？」
「また、きてくれる？」
「ねえ、もっと　おはなし、
きかせて」

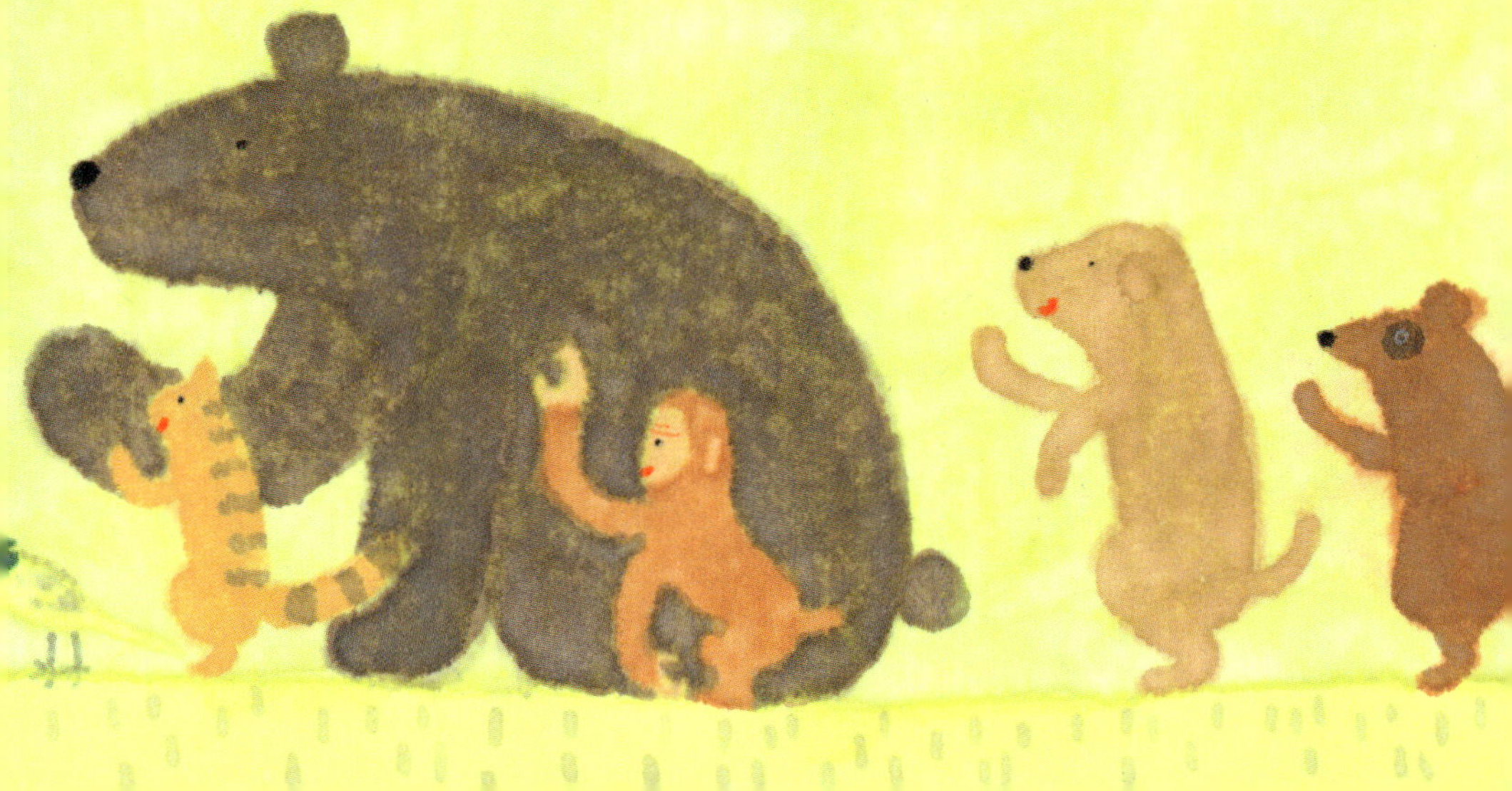

ゆかは、にっこり　わらって
うなずきました。
「あたし、ゆか。また、つぎの
土《ど》よう日《び》に　くるね。
バイバーイ」
「まってるよ、バイバーイ」
どうぶつたちは、そろって
手《て》を　ふってくれました。

「ただいま！」
ゆかが　げんかんを　あけると、ねむっている
おとうとを　だいて、ママが　むかえてくれました。
「おかえり、ゆか。おやつに　しましょ」
「うん」
手《て》を　あらって、ミルクと
チョコレートクッキーを　たべて
いると、ママが　ききました。
「なんだか、すごく　うれしそうね。
きょうは、どこで　あそんでたの？」

「うん、あのね……ともだちに、本《ほん》を
よんであげてたの」
「あら」
ママは　目《め》を　パチパチ　させて、
うれしそうに　いいました。
「ねえ、ゆか、ママにも　きかせてほしいな」
「えっ？　うん、こんどね、えへへ」
じぶんの　へやに　はいった　ゆかは、名作《めいさく》どうわ
しゅうを　ひらくと、たのしそうに　つぶやきました。
「つぎは、みんなに　どの　おはなしを　よもうかな？」

つぎの日《ひ》は 日《にち》よう日《び》だったので、 ゆうくんを パパに
みていてもらい、ゆかは、ママと かいものに いきました。
その とちゅう、 ゆかは あの 森《もり》に、 おとなの
男《おとこ》のひとが なんにんも いるのを みかけたのです。
「あんまり、 ひとが いることなんて ないのに。
なに してるのかなあ」
ゆかは、 くびを かしげました。

いちだんと　秋《あき》が　ふかまった　つぎの土《ど》よう日《び》、ゆかは　名作《めいさく》どうわしゅうを　もって、カエデの　木《き》の　森《もり》に　いきました。

ゆかが、このまえのように　木《き》の　ねもとに　すわると、いつのまにか、どうぶつたちが　あつまってきて、まわりを　かこんでいました。

「ゆかちゃん、こんにちは」

「ねえ、おはなし　きかせて」

「うん。じゃあ、はじめまーす。きょうはね」

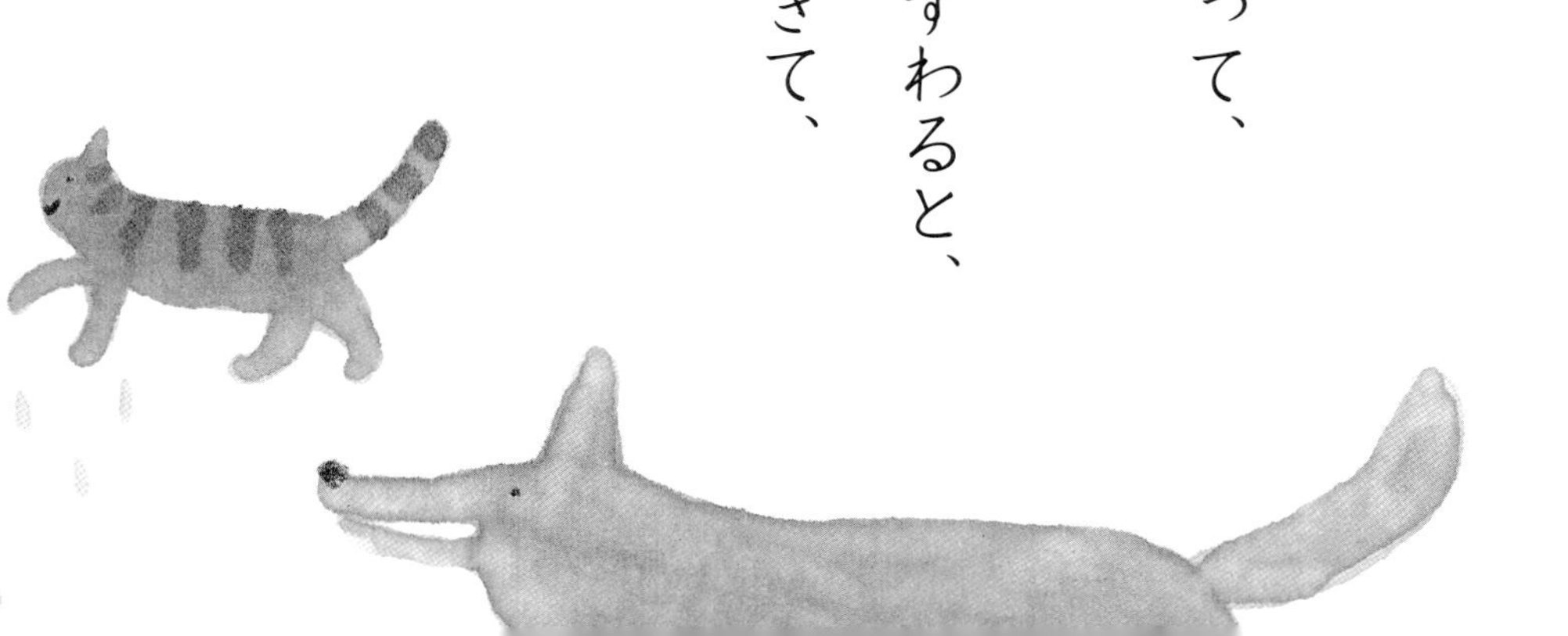

ゆかは、どうわしゅうを　ひらくと、
「三《さん》びきの　子《こ》ブタ」の　おはなしを
よみはじめました。

三《さん》びきの、子《こ》ブタの
きょうだいが、ちからを
あわせて、いじわるな
オオカミを　やっつける
おはなしです。

よみおわると、オオカミが ふまんそうに いいました。
「ぼくは、そんなに いじわる
したり しないのに」
「そうだよ、オオカミくんは
やさしいよ」
クマが いいました。
「そうだよね。この おはなしの
オオカミさんが
いじわるなのね、きっと」
ゆかは、あわてて いいました。

「それじゃ、つぎの　おはなしに　するね」

ゆかは　本《ほん》を　パラパラ　めくると、

「うらしまたろう」を　よみはじめました。

うみべで、子《こ》どもたちに
いじめられていた　カメを
たすけた　うらしまたろうが、
カメの　せなかに　のって、
うみの　そこの　りゅうぐうじょうに
つれていってもらうのです。

おとひめさまや　サカナたちと
たのしく　すごし　かえってきて、
おみやげの　たまてばこを　あけると、
うらしまたろうは　おじいさんに
なってしまったと　いう
おはなしです。

「はい、うらしまたろうの
おはなし、おしまい」
ゆかが　かおを　あげると、

タヌキが　いいました。
「おもしろかったよ。でも、
サカナや　カメしか
でてこないんだね。ねえ、
ぼくが　でてくる
おはなしは　ないの？」
すると、キツネも
いいました。
「そうそう、このあいだはさ、
イヌと　サルと　キジが

でてくる　おはなしだった
でしょ？　わたしが　でてくる
おはなしも、ききたいな」
「ぼくなんか、なかまが
子《こ》ブタに　いじわるする
おはなしだったんだぜ。
やさしい　オオカミの　おはなしして」
オオカミが、口《くち》を　とがらせます。
ぼくも、わたしもと、どうぶつたちが
ゆかに　せがみました。

「わかったわ。きょうは　もう
かえらなくちゃ　いけないから、
こんど　くるときまでに、
みんなが　でてくる
おはなし　さがしておくね」
「わーい、ほんと？　ゆかちゃん」
「うれしいな」
「ゆかちゃん、まってるからね」
どうぶつたちが　木《き》の　下《した》に
ならんで、手《て》を　ふり、みおくってくれました。

いえに　かえった　ゆかは、名作《めいさく》どうわしゅうを
よみなおしてみましたが、森《もり》に　いる　どうぶつたち
ぜんいんが　でてくる　おはなしなど　ありません。
「……こまったな。やくそくは
まもらなくちゃ。
でも、どうしよう」
ゆかは、ためいきを　つきました。
つぎの日《ひ》、そして、その　つぎの日《ひ》も、
本《ほん》だなの　なかに　ある　本《ほん》を　かたっぱしから
ひらいていた　ゆかは、

「ブレーメンの　おんがくたい」と　いう
えほんを　みつけました。

ロバと　イヌと　ネコと
ニワトリが、おんがくたいに
はいるために、ブレーメン
と　いう　町《まち》に　たびを
するのです。
たびの　とちゅうに　みつけた
あきやで　やすんでいた

四《よん》ひきは、そこで
どろぼうたちが
わるだくみを　しているのを
ききつけ、ぜんいんで、
いっせいに　じまんの　声《こえ》を
あわせて　おどかし、
どろぼうたちを
おいはらうと　いう
おはなしでした。

ゆかは、ぱっと　かおを　かがやかせました。
「そうだ！　いい　こと　かんがえた。
ロバや　ニワトリたちを、森《もり》の　みんなに
かえて、おはなしを
つくってみれば　いいわ。」

ゆかは　うれしくなって、森《もり》に　いる
どうぶつたちの　かおを　おもいうかべました。
そして、「ブレーメンの　おんがくたい」の
おはなしに、森《もり》の　みんなを　あてはめて、
ノートに　かきこんでいきました。

水《すい》よう日《び》、ピアノの　おけいこから　かえる
とちゅう、ゆかは、あの　カエデの　木《き》の　森《もり》に、また
なんにんかの　おとなたちが　いるのを　みました。

「森《もり》の　みんなは、どこかに　かくれているのかなあ。
みつからないと　いいけど」
ゆかは、なんとなく　ふあんな　きもちに
なりました。

その　しゅうの　土《ど》よう日《び》、ゆかは、おひる
ごはんを　たべたあと、おはなしを　かいた
ノートを　もって、カエデの　木《き》の　森《もり》に
いきました。
あかや　きいろの　はっぱが
たくさん　かさなっている
木《き》の　下《した》に、ゆかが　すわると、
どうぶつたちが　うれしそうに
あつまりました。
「ゆかちゃん、まってたよ」

「おはなし、きかせて」
「うん。きょうはね、わたしが
おはなしするんだけど、
みんなにも、てつだってほしい
ことが　あるの」
「ほんと？」
「ねえ、むずかしいこと？」
「わたしたちに、できること？」
「だいじょうぶかなあ？」
どうぶつたちは、かおを　みあわせました。

「うふふ。だいじょうぶよ。てつだってほしい　ところに
なったら、いうからね。では、はじまり　はじまり」
ゆかは、にこにこ　しながら、ノートを　ひろげて
はなしはじめました。

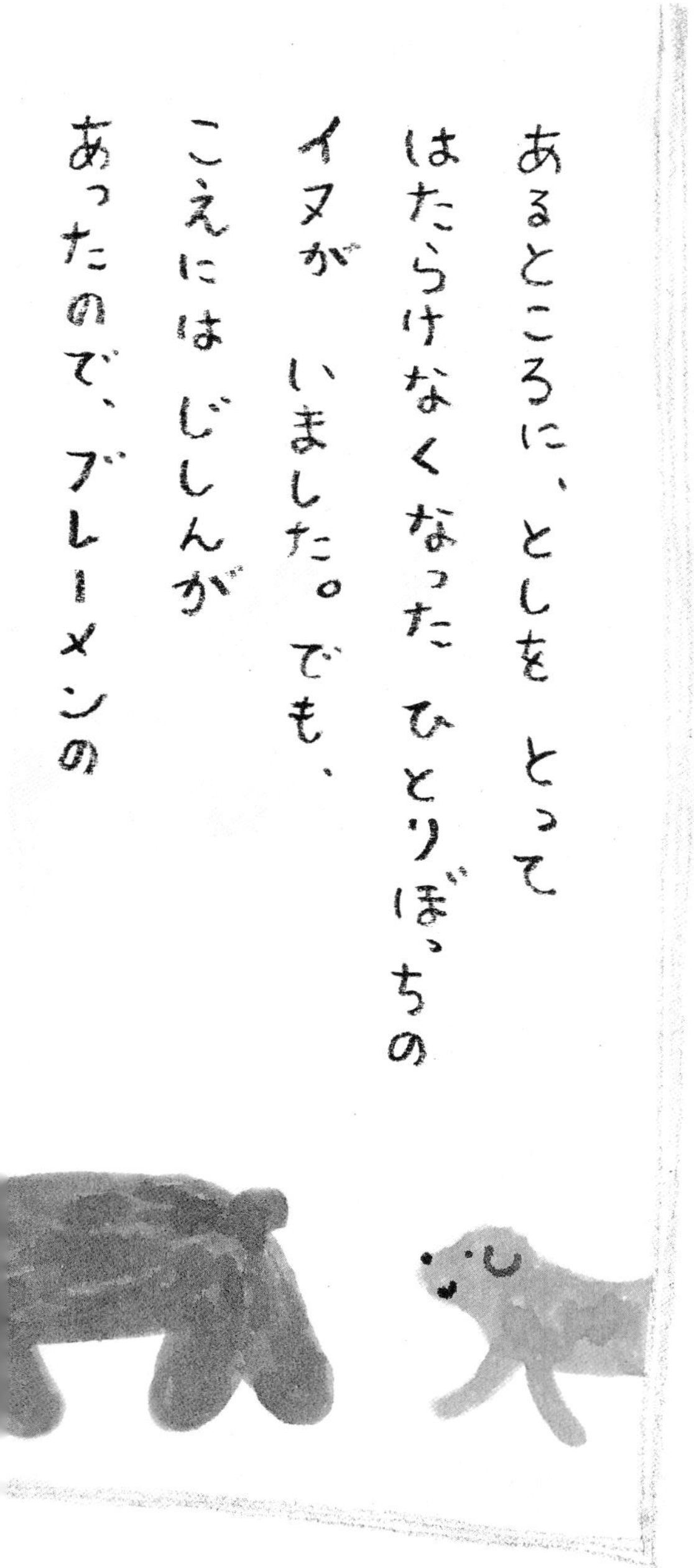
あるところに、としを　とって
はたらけなくなった　ひとりぼっちの
イヌが　いました。でも、
こえには　じしんが
あったので、ブレーメンの

おんがくたいに はいりたいと かんがえ、ブレーメンに むかって、たびを することに しました。とちゅうで、やはり ひとりぼっちの、クマや、イノシシ、オオカミ、キツネ、タヌキ、ウサギ、ネコ、リス、キジ、サルに であい、いっしょに いくことに なりました。よるに なってしまったので、あきやを みつけて、そこで あさに なるまで、みんなで よりそって、やすむことに しました。

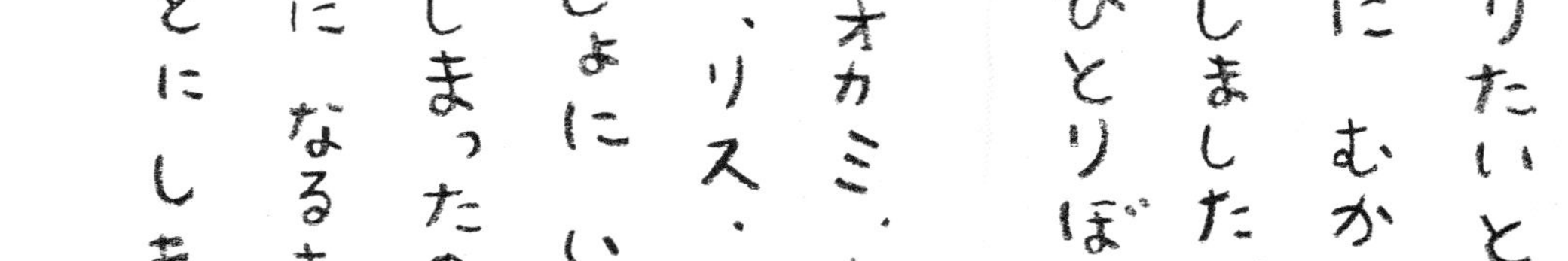

森《もり》の　どうぶつたちは、おはなしの　なかに
じぶんたちが　でてきたので、わくわく　しながら
きいています。

みんなが　ねむろうと　したときです。ドアが
あいて、にんげんが　はいってきました。そして、
となりの　へやで、ろうそくを　つけると、おさけや
ごちそうを　たべながら、はなしを　はじめました。
どうぶつたちが　きいていると、どこかで　どろぼうを
する　けいかくを　たてているようです。

どうぶつたちは、ちえを しぼって そうだんし
うなずきあうと、おとが しないように うごきました。
まず、クマの せなかに イノシシが、その うえに
オオカミ・イヌ、タヌキ、キツネ、サル、ネコ・
ウサギ、キジ・リスが のりました

「さあ、みんな、大《おお》きい じゅんに、のってみて」

ゆかが　いうと、まず　クマが　いちばん
下《した》に　なり、おはなしの　とおりに、みんな　じゅんばんに
のっかりました。

ゆかは、 おはなしを つづけます。

クマが こえを ひくくして いいました。
「いいかい、みんな いくよ！」
すると、
「グオー、ブホッ、ウォー、
ワン、グルルル、ギャオ、
キー、ニャー、キュッ、
ケーン、チチー！」
みんなで いっせいに おおごえを だし、

そこまで よむと、ゆかは こう いいました。
「さあ、みんなも いっしょに！」
おはなしの なかの どうぶつたちと おなじように、
森《もり》の みんなも さけびました。

「グオー、ブホッ、ウォー、ワン、グルルル、ギャオ、
キー、ニャー、キュッ、ケーン、チチー!」

「で、でた〜〜！ ばけものだ!!」
「ゆ、ゆるしてください。わるい ことは しません」
どろぼうたちは、われさきに ドアから ころがる
ように でていきました。そのご、どろぼうたちが
もどってくる ことは ありませんでした。
なかまに なった どうぶつたちは、もう さびしく
ありません。この いえで、たのしく うたいながら、
なかよく くらしましたとさ。

ゆかが、ノートを　とじると、森《もり》の　どうぶつたちは、
大《おお》よろこびで、はくしゅを　しながら　いいました。
「ゆかちゃん、すっごく
おもしろかったよ」
「わたしたちも、いまの
おはなしみたいに、
ちからを
あわせれば——」
「できることが　あるよね」
「そうだね」

森《もり》の　どうぶつたちは、
かおを　みあわせました。

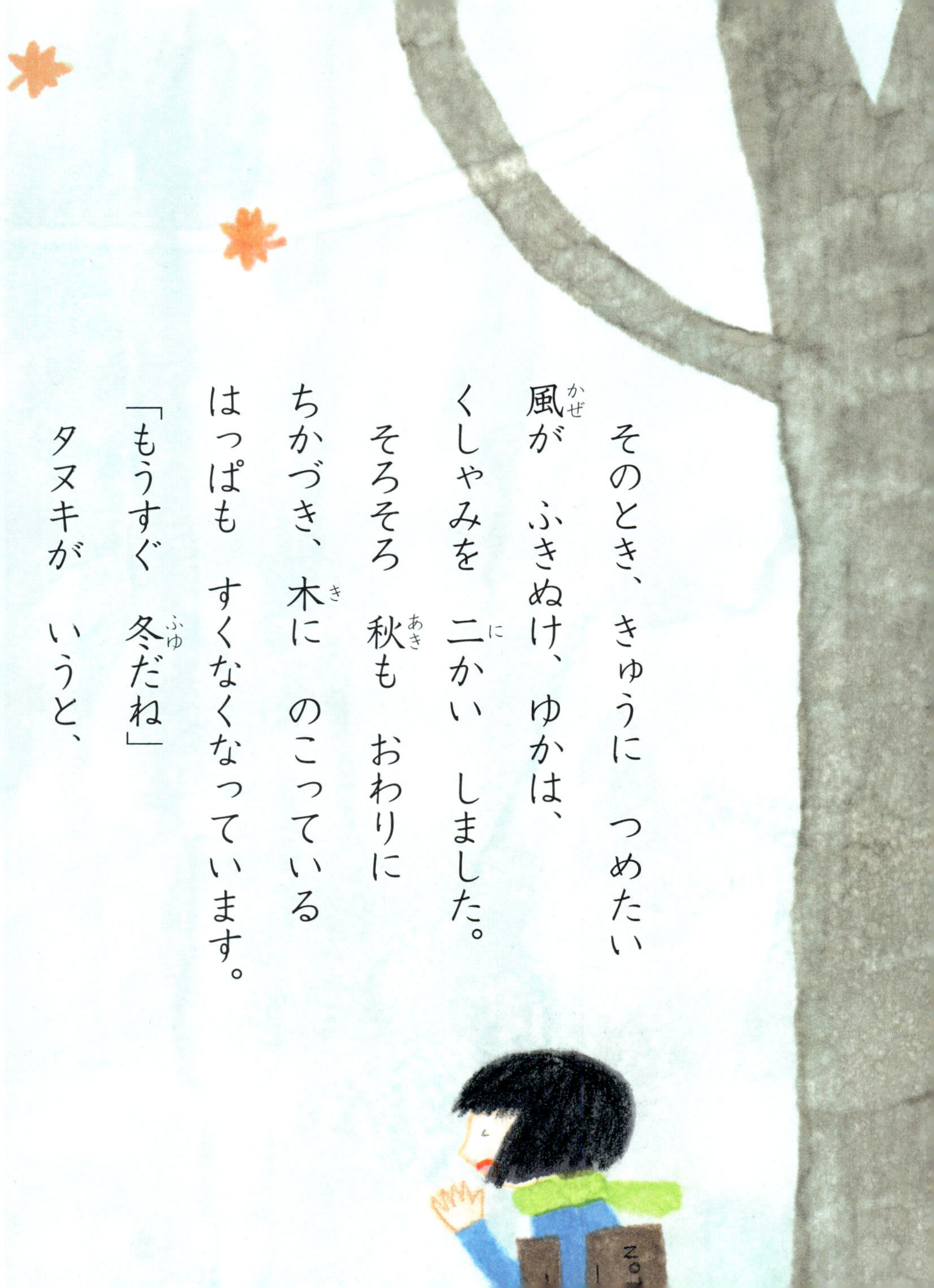

そのとき、きゅうに　つめたい
風《かぜ》が　ふきぬけ、ゆかは、
くしゃみを　二《に》かい　しました。
そろそろ　秋《あき》も　おわりに
ちかづき、木《き》に　のこっている
はっぱも　すくなくなっています。
「もうすぐ　冬《ふゆ》だね」
タヌキが　いうと、

「うん。あのね、ぼくや　リスさんは、
さむくなると　とうみんするし、
みんなも　あまり　そとに
でなくなるんだ。だから、
ゆかちゃんにも　あえなくなるよ」
クマが　いいました。
「さみしいな。
春《はる》に　なったら、　また
あえるの？」
ゆかが　ざんねんそうに　いうと、

「そうね。きっと、あえるわ。
また、ゆかちゃんの
おはなし　ききたいものね」
ウサギが　いうと、サルが、
うでを　つきあげて
いいました。
「うん。ぼくたち、がんばる」
「うふふ、どうしたの？

しばらく　あえないのは
つまらないけど、ゆっくり
冬《ふゆ》を　こすだけでしょ？」
ゆかが　くすっと　わらうと、
サルが　あたまを　かきながら
いいました。
「えへへ。そうなんだけどね」

「それじゃ、みんな、また　あおうね」
「ゆかちゃん、おもしろい　おはなしを　ありがとう」
どうぶつたちは　手《て》を　ふって、ゆかを　みおくった
あと、なにやら　そうだんを　すると、
うなずきあいました。

その日《ひ》、いえに　かえった　ゆかは、かぜを　ひいた　らしく　ねつを　だしました。くすりを　のんで、なん日《にち》も　ベッドで　ねているのは　つらかったけれど、おばあちゃんが　きて、ゆうくんの　めんどうを　みてくれました。それで、ひさしぶりに　ママが　ゆかの　そばに　いて、本《ほん》を　よんでくれたのです。

「ありがと、ママ。かぜが　なおったら、こんどは、わたしが　よんであげる。あのね、こないだ、こくごの　じかんにね、よむのが　じょうずに　なったわねって、先生《せんせい》に　ほめられたんだよ」

「そう。すごいじゃない。ゆか、がんばってるのね」

ママが、うれしそうに　かみを　なでてくれました。

ゆかの　かぜが、すっかり　なおった　日《ひ》、ゆきが
ちらちら、空《そら》から　おりてきました。
『もう、森《もり》の　みんなは　とうみんしたかな？』
ゆかは、まどの　そとを　みながら、おもいました。
その日《ひ》の　夜《よる》の　ことです。
ゆうごはんを　たべているとき、パパが　いいました。

「あの、大《おお》きな　カエデの　木《き》が　ある　森《もり》、マンションを
たてるって　いう　はなしが　あっただろ？」
「えっ、ほんと？　パパ」
ゆかは、はじめて　きいたので、おもわず　おはしを
おとしました。
「うん。だけどね、やめたらしいよ」
「あら、よかったじゃない。あんな　りっぱな　木《き》を
きりたおすなんて、まわりは　みんな
はんたいだったものね」
ママが　いいました。

「うん、それがね、はんたいしている　ひとが
おおかったってことも、もちろんなんだけど……」
パパが、ちょっと　くびを　かしげました。
「なあに?」
ゆかと　ママが、どうじに　ききました。
「とちを　しらべたり、こうじを　しようとして
あそこに　はいるとね、ものすごく　大《おお》きな　どうぶつの
かげみたいな　ものを　みたり、ぶきみな　声《こえ》を
きいたり　する　ひとが、なんにんも　いたん
だって。きっと、あの　りっぱな　木《き》を　きるのは

よくないことだと、しぜんが　おしえてるんじゃ
ないかって、あの　とちを　もっている　ひとが
いったらしくてさ。とりやめに　なったらしいよ」

「えーっ、しんじられないなあ」
おにいちゃんが、大《おお》きな　声《こえ》を　だしました。
でも、ゆかは、すぐに　わかったのです。
きっと、おはなしを　してあげた、「ブレーメンの
おんがくたい」のように　森《もり》の　どうぶつたち　みんなで、
ちからを　あわせたに　ちがいありません。
「よかった！　それじゃ、あの　木《き》も　森《もり》も、そのままに
なるの？　パパ」
「うん。そうだよ。ゆかも　あの　森《もり》が　すきなんだね。
あんなに　りっぱな　木《き》は、だいじに　しなくちゃ

いけないよな」
パパは　うなずくと、にっこり　わらいました。

ゆかは、うれしくて　じぶんの　へやに　はいると、あの、「ブレーメンの　おんがくたい」を　森《もり》の　どうぶつたちに　かえて、じぶんで　ノートに　かいた　おはなしを、声《こえ》を　だして　よみました。きっと　いまごろ、みんな　あんしんして　ねむって　いることでしょう。

春《はる》が　きて
あたたかくなったら、
また　本《ほん》を　もって、
森《もり》の　みんなに
あいに　いこう。そのときは、
おとうとの　ゆうくんも
つれていって、いっしょに
おはなしを
きかせてあげようと、ゆかは
おもいました。

作　原　京子（はら きょうこ）
東京都に生まれる。和光大学芸術学科卒業。1978年、KFSコンテスト・講談社児童図書部門賞受賞。作品に、「くまのベアールとちいさなタタン」シリーズ「イシシとノシシのスッポコペッポコへんてこ話」シリーズ『はるにあえたよ』『サンタクロース一年生』『もりのみんなのたんじょうび』『みつごのうさぎプリン・タルト・トルテのきょうはたんじょうび』（以上ポプラ社）『もりのゆうびんポスト』（そうえん社）「ザックのふしぎたいけんノート」シリーズ（メディアファクトリー）など多数ある。

絵　高橋和枝（たかはし かずえ）
神奈川県に生まれる。東京学芸大学教育学部美術科卒業。ステーショナリーメーカーでデザイナーとして活躍後、フリーのイラストレーターになる。作品に『くまくまちゃん』『くまくまちゃんのいえ』『わたしのフモフモさん』『とびらをあければ魔法の時間』『花火とおはじき』（以上ポプラ社）『もりのゆうびんポスト』『ずっとまっていると』（そうえん社）『りすでんわ』（白泉社）『さよならのあとで』（夏葉社）など多数ある。

ポプラ
ちいさなおはなし 49

ねえ、おはなし　きかせて

2012年4月　第1刷
作　家　原　京子
画　家　高橋和枝
発行者　坂井宏先
編集　浪崎裕代　　デザイン　祝田優子
発行所　株式会社ポプラ社
〒160-8565　東京都新宿区大京町22-1
振替　00140-3-149271
電話　03-3357-2216（編集）
03-3357-2212（営業）
0120-666-553（お客様相談室）
FAX　03-3359-2359（ご注文）
ホームページ　http://www.poplar.co.jp
ポプラランド　http://www.poplarland.com
印　刷　瞬報社写真印刷株式会社
製　本　株式会社若林製本工場

© 2012　Kyoko Hara　Kazue Takahashi　Printed in Japan

ISBN978-4-591-12900-5　N.D.C.913　80P　21cm
乱丁・落丁本は送料小社負担でお取り替えいたします。ご面倒でも小社お客様相談室までご連絡ください。
受付時間は月～金曜日、9:00～17:00（ただし祝祭日はのぞく）。
読者の皆様からのお便りをお待ちしております。いただいたお便りは、編集局から著者にお渡しいたします。